KB170411

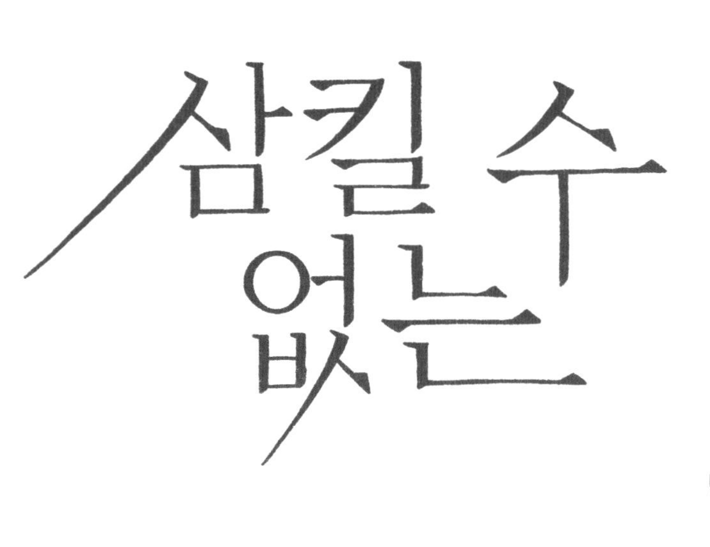
삼킬 수 없는

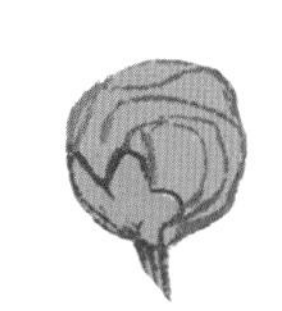

글·그림 빅토리아 잉

만화책을 무척이나 좋아해서 화가가 되었고, 지금은 로스엔젤레스에 살며 애니메이션과 그래픽노블 작가로 활동하고 있습니다. 일본식 카레, 인터넷 쇼핑몰 장바구니에 사고 싶은 것들을 채웠다 비우기, 키우는 개와 함께하는 편안한 시간을 좋아합니다. 「겨울왕국」「모아나」「라푼젤」「주먹 왕 랄프」「빅 히어로」「페이퍼맨」 등의 애니메이션에 참여했습니다. DC 코믹스의 그래픽노블 《아마존 공주 다이애나Diana: Princess of the Amazons》에 그림을 그렸고, 《비밀의 도시City of Secrets》를 쓰고 그렸습니다.

옮긴이 강나은

좋은 영미권 책을 찾아 한국에 소개하는 일에 열의를 가지고 어린이, 청소년을 위한 책을 번역하고 있습니다. 사람들의 수만큼, 아니 셀 수 없을 만큼이나 다양한 정답들 가운데 하나의 고유한 생각과 이야기를, 노래를 매번 기쁘게 전달하고 싶습니다. 《호랑이를 덫에 가두면》《촛불이 꺼지기 전에》《귀를 기울이면》《나는 나야, 나!》《월든에서 보낸 눈부신 순간들》 등 많은 책을 우리말로 옮겼습니다.

삼킬 수 없는

빅토리아 잉 지음
러넷 웡 채색
강나은 옮김

작은코도마뱀

일러두기

불편한 기억을 촉발시킬 수도 있는, 섭식장애 묘사 장면이 나옵니다.

프랑스어로 대화하는 부분은 볼드체로 표기하였습니다.

PIZZA
어릴 때부터 엄마는 늘 내가 어떤 음식을
얼마만큼 먹는지 살폈다.

생일 축하
합니다!
사랑하는 밸러리,
생일 축하합니다!
VALERIE
VALERIE
네 건 따로 있어.

다 먹지는 말고,
맛만 보는 거 알지?

나는 늘 착한 아이가 되고 싶었다.

생일 파티에 우리
조던을 초대해 줘서
정말 고마워요.
별말씀을요!
이사 와서 적응하느라
힘드시겠어요.

맛있겠다!

안 먹을 거야?
응, 나는…… 배가 불러.

나는 케이크 좋아해!
이거 맛있네!

난 케이크만
보면 집어삼키는
케이크 귀신이지롱!

케이크 귀신이랑
친구 할래?

응!

지금도 음식을 먹을 때마다
엄마 목소리가 들리는 것만
같다.

얍!

야, 어떻게 밸러리 음식을 뺏어 먹냐! 지금보다 더 마르면 어쩌라고!
그래, 바람만 불어도 쓰러질 것 같은데, 먹게 둬!

얍! 다시 뺏어야지!

으으, 오원 선생님
퀴즈는 또 얼마나
어려우려나.
밸러리는 쉽게 맞힐걸.
늘 제일 잘해.

안 가,
밸러리?

먼저 가.
난 이거 좀 더
바르고.

하여간
립글로스에 집착
한다니까.

쾅

딸깍

아무도 모른다.

우우욱

토하지 않으려면 그만큼 적게 먹어야 하는데,
그러면 다들 눈치챌 게 뻔하다.
아무 문제 없어 보이려면 이 방법뿐이다.
게다가 나는 그렇게 마르지는 않았다.
이 정도로는 죽지 않는다.

Je voudrais le pull en rouge(저는 빨간색 스웨터를 원해요).
잘했어, 밸러리.

시간이 지날수록 점점 쉬워지고 자연스러워졌다. 원래 여자아이들은 예뻐지려고 갖은 노력을 하니까, 내 방법이 특별히 더 힘든 건 아닐 거다.

톡
톡

밸러리, 형광펜 좀 빌려줄래? 넌 챙겨 왔을 것 같아.

응, 그럼.
지-익

그냥 가져도 돼. 같은 색이 두 개라서.

진짜 고맙다!

찡긋

앨런, 너 또
그림 그려?

앨런과 나는 초등학교 때 단짝이었다.
우리는 쉬는 시간에 만화 주인공을
흉내 내며 놀았다.
앨런은 커 가며 이런저런
운동을 시작했고,
하나같이 잘했다.

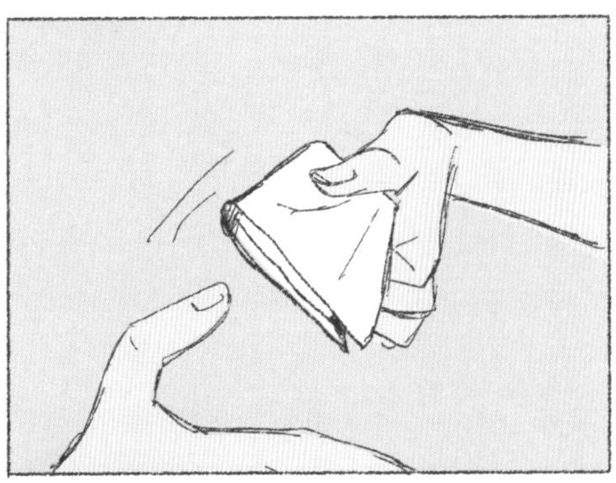

안녕!

그래서 내가 걔한테
그랬어. '내가 들은
얘기하고 다른데!'

세상에!
진짜?

진짜!
나중에 문자로
더 얘기해 줘!

나 왔어!

어휴, 난 조던만 보면 한숨이 나와.
왜?

저렇게까지 살이 찌면 나중에 빼기가 얼마나 어려운데.
아...... 그래.

넌 말라서
다행이지.
신에게 고마울
지경이야.

그건 신이 한 일이 아니다.

애들아!

아부지!
딜런은 최근에 어떤 만화책을 본 뒤로, 아빠를 '아부지'라고 부른다. 이상하지만 아빠는 개의치 않는 것 같다.

밸러리, 뭐 해?
식탁 차려야지.
저녁밥 다 됐어.

엄마는 요리를 정말 잘한다.
어릴 때는 그게 좋은 줄 몰랐다.

한때는 매일 저녁 마카로니 치즈나 피자를 먹는
앨런 같은 친구들을 부러워했다.

우리 집 음식이 얼마나 맛있는
줄도 모르고.

이야,
정말 맛있겠다.

당신 한동안 집밥을 못 먹을 테니
가장 좋아하는 걸로 만들었어.
아빠는 이곳저곳 다양한 나라를
다녔다. 직업 때문이기도 했지만,
그저 여행으로 다니기도 했다.

그래, 앞으로 몇 주
동안은 곡물바랑
육포만 먹으며 산을
올라야 해.
삼겹살 기름 부분은
떼어 내고 먹어.

나는 늘 말을 잘 듣는 착한 딸이다.

달각
달각

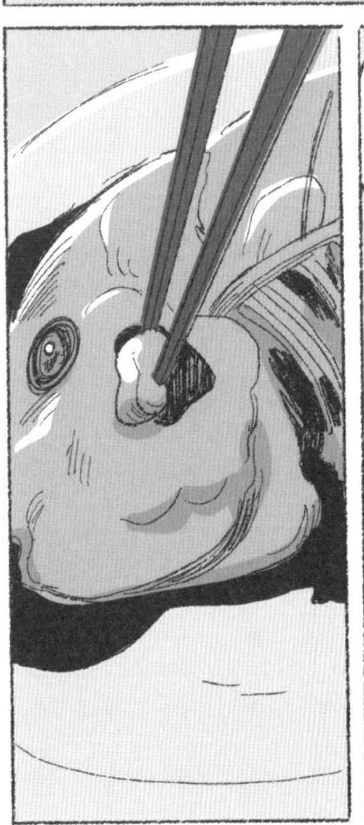

제일 맛있는 부분은 우리 딸 줘야지.

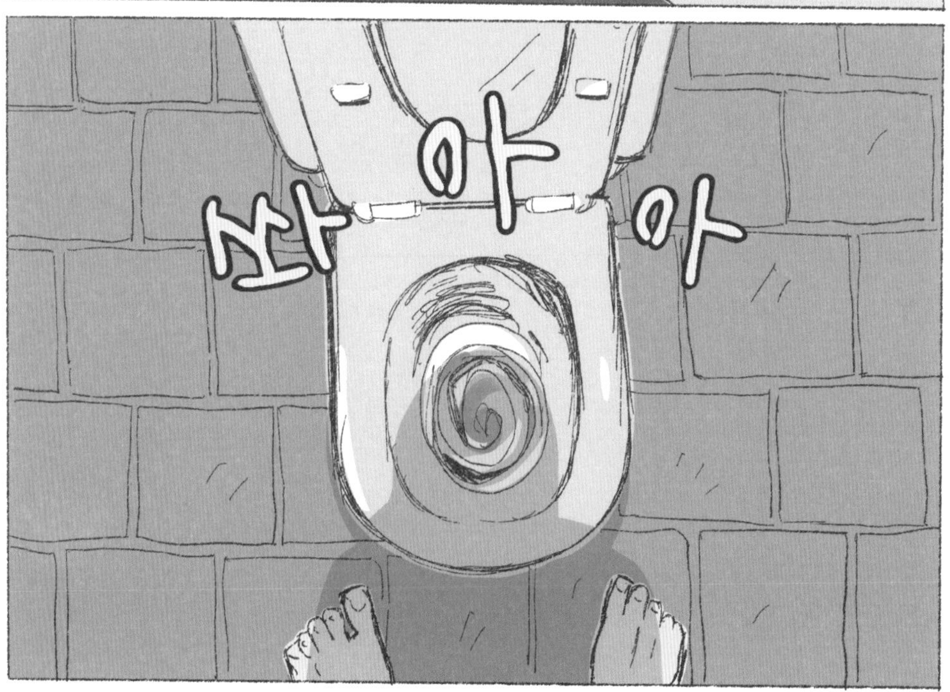
쏴아아

정말 다 뱉어 냈는지는 알 수 없지만, 그래도 이렇게 하면
덜 불안했다. 다 토하고 나면 그제야 따뜻하고 위로받는
기분이 들었다.

"맛만 봐."

스윽
5689 LIKES
스윽
스윽
스윽

나는 인터넷으로 남의 몸을 구경하는 데 많은 시간을 썼다. 알지만 멈추기는 쉽지 않았다. 다른 여자들의 사진을 보면, 자연스레 내 몸과 비교하게 되었다.

조던
어이, 뭐 해?

그냥 있지. 너는?

나랑 앨런이랑
햄버거 먹으러 갈래?

앨런도?

좋지. 데리러 올래?

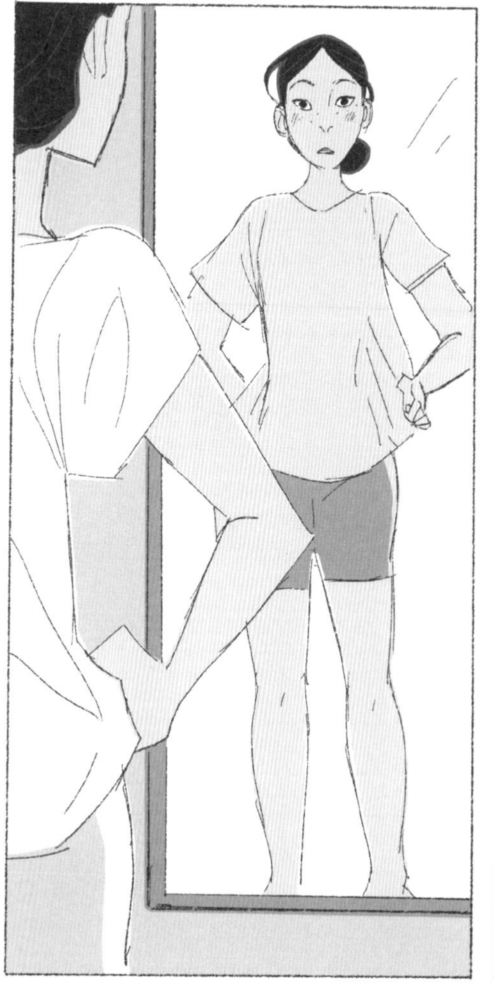

잘 입었지만 너무 꾸민 것 같지는 않도록.
SNS 속 여자아이들처럼.

나갔다 올게.
조던이랑
햄버거 가게에 가.
방금 저녁
먹었잖아.

음료수만
마실 거야!
나는 항상 착한 아이여야 한다.

엄마는 내가 먹는 것에 너무 신경을 안 쓴다고 생각하지만,

사실 나는 먹는 것에 대해 항상 걱정하고 있다.

맛난 거 먹을
준비됐어?
당연하지!

부모님은 요즘 어떠셔?
아버지는 요즘도 헬리콥터 몰고
오토바이 타고 화산 위를
달리셔?

비슷해. 이번엔
티베트에 가서
에베레스트산을
오를 거래.

에베레스트? 아무리
너희 아버지라고 해도
엄청난 일이다.
그렇지도 않아.
단체 등반인데 아빠는
1번 베이스캠프까지만
올라간대.

이럴 때면 앨런과 나, 단둘이 데이트를 나온 것만 같다.

너희 아버지가 해 주시는 이야기들 진짜 재미있어!
맞아. 나도 여행 기념품 보다 이야기가 더 좋아!

FENDER BENDER
일주일 내내
밀크셰이크가 당겼어.

거기에 감자튀김
까지 같이 먹으면
완전 쩔지.
뭐, 쩐다고?

국어 선생님
나셨네.
외계어를
안 써서
미안하다,
그래.

앨런, 나 25센트만 빌려줄래?

빌려? 갚기는 할 거고?
하하.

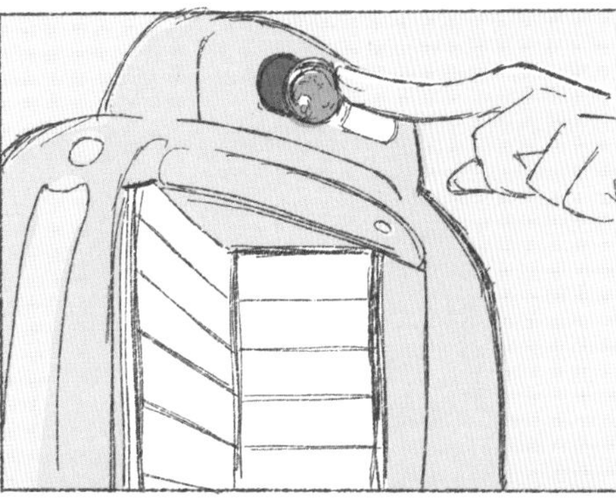

밸러리,
네가 노래 골라 줘.
기분 좋은 노래.

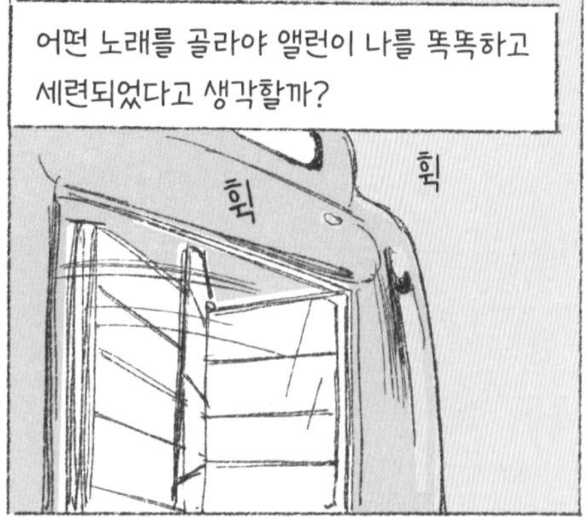
어떤 노래를 골라야 앨런이 나를 똑똑하고 세련되었다고 생각할까?
휙
휙

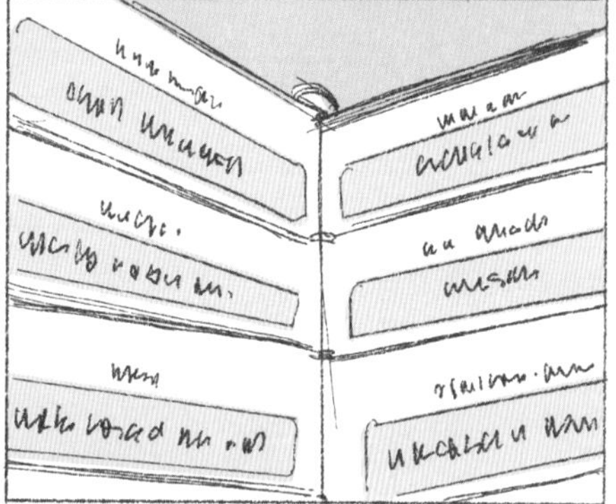

우아, 엘비스 노래네!
클래식이지!
아빠가
노래방에 가면
늘 부르는 노래야.

딱
딱
딱
딱

내년에 밴드부
오디션 보려고?
아니, 밴드부는
이 현란한 손놀림을
감당 못 해.
아까 토하길 잘했다. 덕분에 속이
완전히 비어 있다.

쪼옥

와, 딸기 셰이크네.
먹어 봐도 돼?

간접 키스 같아.

그러고 보니 우리 셋이 모이는 거 오랜만이다.
자주 모이자. 덕분에 나는 남자들만 득실거리는
곳에서 가끔 벗어나기도 하고.

그래, 좋은 생각이야.
우리한테서 여신 에너지를
받아 가도록 해.
짠

헉
헉
헉
내가 얼마나 먹었는지 생각하면 말 그대로 토할 것 같은 기분이 들었다.

화장실 좀 다녀올게!

남자는 살찐 여자를 좋아하지 않는다.
우-욱

앨런과 잘될 가능성이 조금이라도 있으려면, 멋진 애로 보여야 한다.

무난하게, 남들 먹는 것을 다 먹으면서도,
몸은 말라야 한다.
성격도 외모도
괜찮아야 한다.

남자는 살찐 여자를 좋아하지 않는다.

안녕!
어, 안녕!
학교 끝나고 모카치노 어때?

오늘은 안 돼. 설날이라서 친척들이 오시거든. 집 청소하고 음식 만드는 거 도와야 해.

아, 우리 집도 그런 명절을 지내면 좋겠다. 해마다 봉투에 든 세뱃돈을 받으면 얼마나 기분 좋을까.
설날은 기분 좋은 날이다. 음식도 언제나 맛있다.
설날 음식이 막 상상돼. 너희 어머니가 만드신 파전…….
동파육!
그 맛있는 두부 요리는 뭐더라?
마파두부.
맞아, 그거! 언제 또 너희 집에 그 대단한 음식들을 먹으러 가고 싶어.

딩동 딩동

어서 오세요,
셸비 이모.
밸러리, 왜 전에 봤을
때보다 얼굴이 커졌니!
조심해, 뚱뚱해지지 않게!

포옥

밸러리!
볼 때마다 점점
예뻐지잖아!
아니에요,
니키 이모.

* 언니를 부르는 타이완 속어

이런 저녁이 가장 괴롭다.
음식을 먹기는 해야 하는데 사람이 너무 많다.
화장실이 제때 비어 있지 않으면 어떻게 하지?
내가 토하는 소리를 누군가 들으면?
어떻게 지내니, 밸러리? 대학 입학지원서는 보냈어?
아니요. 어느 학교로 가고 싶은지 아직 생각 중이에요.
넌 어딜 가나 잘할 거야. 항상 착한 학생이잖아.
네, 전 항상 착하죠.

돼지 족발은 꼭 먹어!
그래야 복이 들어와!
만두도 먹고!

이럴 땐 도대체 어떻게 해야 할지 모르겠다.
뭐가 착한 거지?
먹어야 해, 먹지 말아야 해?

케이크 있어요?
올해는 없어.
대신 디저트로
수박 먹자.
아아…….
젠장, 칼로리 계산하는 걸 잊었어!
지금까지 몇 칼로리나 먹었지?
젠장, 젠장, 젠장.

콰르르

쏴아

밸러리,
무슨 일 있니?

헉, 들렸나 봐.

아니요,
아무 일 없어요.
그냥…… 속이
약간 메슥거렸어요.

어서 가자.
수박 하나도
안 남겠다!

UCLA를 1지망으로 하고 싶어.
앗, 나도!
UCLA

거기 법학과가 좋다더라. 미식축구 선수들도 멋지고.

이럴 때 좀 안타깝다. 조던은 내가 세상에서 가장 좋아하는 친구지만, 미식축구 선수들이 조던을 좋아할 리는 없으니까.

버클리도 괜찮을 것 같아.
집에서 그리 멀지 않고 말이야. 너희 어머니는 요리를 정말 잘하셔. 날 입양해 달라고 할까?

감히 남의 엄마를 넘보다니.
물러날게.

* 세라 로런스 대학은 미국 북동부 뉴욕주에 있어, 항상 따뜻한 서해안 지역과 달리 사계절이 뚜렷하다.

크레페, 바게트,
마카롱이 더 좋으냐,
타코, 마르가리타가 더 좋으냐!
난 못 골라!

나는 누가 뭐래도 파리.
지금도 그렇고 언제나 그랬다.

마르가리타는
술이라 못 마시고,
타코만 먹겠지.
타코는 세상에서
제일 맛있는 음식이야!
세상에서 제일 맛있지……
토할 때 더 조심하기만 하면 돼.

오늘 끝나고
맛있는 거나 좀
먹을까?

좋아!
나도!

난 못 가.
'가족회의'가 있거든.

또 그 우울한
회의?
으쓱

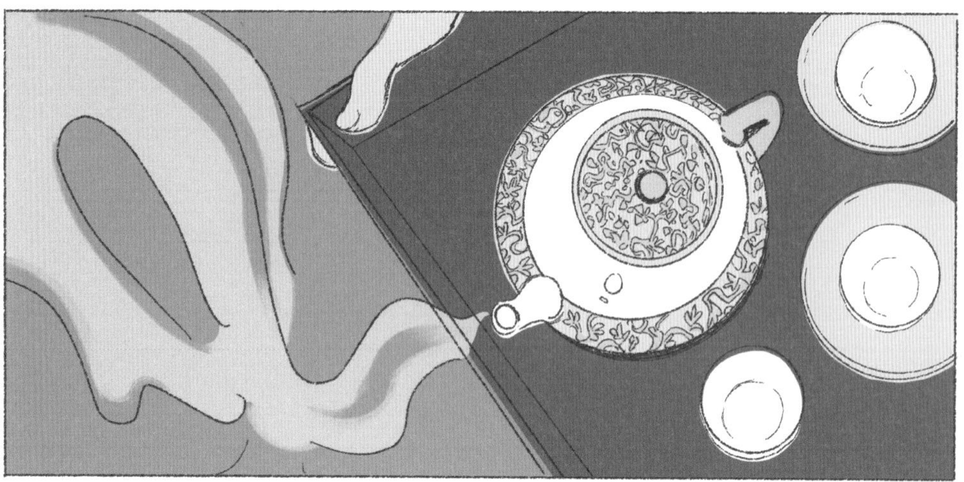

아빠는 1년에 한 번쯤 이런 회의를 했다.

너희도 알다시피,
아빠가 이번에 가는
여행은 위험해.

이제는 아빠가 하는 말을 거의 다 외울 지경이다.

에이, 무슨 말 하려는지
다 아는데, 뭐. 금고 암호가
어디 있는지도 알고, 또…….
딜런, 그거 넣어라.
중요한 이야기 하잖니.

그래도 또 들어.

아빠 유서 사본이다, 밸러리.
내년에 어느 대학으로 가든 챙겨 가.
만약을 위해서다. 안전한 데 넣어 둬.
끄덕끄덕

아빠는 이 문제에 늘 진지했다.
대안까지 여러 단계로 계획을 마련해 두었다.
실제로 필요할 일은 없겠지만, 혹시 몰라 준비해 두는 거야.

알아.

만약이 현실이 된다면 어떻게 될까, 하는 생각이 들기도 했다.

하지만 그런 일이 일어날 거라 믿는 사람은 우리 중 아무도 없었다.

MISSYLEE
#PARIS

사람들이 파리에서 찍은 사진은 모두 아름다웠다.
에펠탑 앞에 선 멋진 모습들.
나도 그러면 좋을 텐데.
RANDEEPK님 외 4,189명이 좋아합니다.
#파리 #여행
민규가
정말 멋

이 옷 어때?
파리지앵 같아 보일까?

응. 베레모 쓰고
어깨에 바게트까지
걸치면 완벽해.

설마 그걸 사려는 건 아니지?
오원 선생님 따라서 파리를
내내 걸어 다닐 게 뻔한데.
그래도
정말 예쁘잖아.

갓 태어난 사슴처럼
비틀거리면서 파리를
돌아다니다 보면,
더는 예뻐 보이지
않을걸.
조던은 이해 못한다. 아름다움에는 노력이
필요하다. 고통도…… 희생도 필요하다.

자, 다들 여권 확인하고,
집 잘 챙기고…….

이거 꿈 아니지?
우리 진짜 파리
가는 거 맞지?

그럼!
내일이면 우리는
빛의 도시에
있을 거야.

Très bon(좋아)!
Mes amis(내 친구들)!

처음으로 엄마 아빠 없이 멀리 떠나는 여행이다.

친구들끼리만 며칠을 함께 보내는 것도 처음이다.

남자아이와 함께하는 첫 여행이기도 하다.

앨런은 그림을 정말 잘 그린다. 나는 단순한 낙서조차 제대로 못 하는데. 앨런은 정말 세련된 것 같다. 좋아하는 화가가 있는 고등학생이라니!

앨런이…… 나를 그려 주면 좋겠다.

나도 오르세 박물관에 가고 싶어.
그래? 다 같이 가자! 조별로 다녀야 할 때도 있겠지만, 너희랑 같이 가면 진짜 짱이겠다.

네가 '짱'이라는 말도 써?

참, 쩐다고 할걸.

파리는 세상에서 가장 로맨틱한 도시다.

이곳에서 과연 무슨 일이 일어날까?

자, 다들 멀리 오느라 피곤하지?
이제 호텔로 가자. 저녁 시간 전까지
각자 쉬든 씻든, 하고 싶은 걸 하도록 해.

벌써 모든 게 달라진 느낌이다.

이 도시의 모든 것이 아주 먼
옛날부터 존재해 왔던 것만 같다.

마법이 일어날 것만 같다.

우리가 파리에 있다는 게 믿어지지 않아!

공기 냄새도 다른 것 같아.

파리 사람들이 개 산책시킬 때 똥을 안 치워서 그래.

퍽

일주일 내내 친구 집에 모여서 놀고 자고 하는 기분이야.
풀썩
맞아, 오원 선생님이랑 남자애들도 있는 것만 빼면.

이렇게 말해야지. *Madame Owens, les garçons*(오원 선생님과 남자애들).

Ah, mais oui. Tu est ma petite amie(그렇지, 하지만 너는 내 여자친구야).
방금 나한테 '여자친구' 라고 말한 거 알지?

'작은 친구'라는 뜻 아니었어?
내가 작은 친구는 아니잖아.

정말 아름답다.

파리잖아. 음식은
또 얼마나 맛있을까!

CAFÉ
다들 프랑스어로 주문을
해 보면 좋겠어. 알겠지?

Oui, Madame
Owen(네, 오웬 선생님)!

여기 살고 싶다.
맛있는 타코 가게가
있다면 나도.

메뉴가 다
탄수화물 덩어리야!
파리인데 당연하지!

여기 여자들은
무슨 비결로 저렇게
날씬할까?

그게 뭐가 중요해,
밸러리?

날씬해?
난 몰랐는데.

날씬하고...... 행복해 보인다.

파리에서 보내는
진짜 첫날이야!

자, 일정에
맞추어야 하니까
이제 모두 이동하자!
밸러리, 같이 안 가?

난…… 화장실 좀.

TOILET
아니다, 화장실은
박물관에서 가면 되겠어.

기다릴 수 있다. 참을 수 있다. 괜찮을 것이다.

조잘
조잘
조잘

이대로 있으면 넌 엄청나게 살이 질 거야. 그 많은 탄수화물과 칼로리가 전부 살로 갈 거야. 너는 정말로 못생겨질 거야.
살!!
1200Kcal
그 누구도 너를 사랑하지 않을 거야.
살!
탄수화물 45g
지방 덩어리!

밸러리, 괜찮아?
식당에서 나온 뒤로
한마디도 안 하네.
응, 괜찮아.
괜찮지 않은 것
같은데. 얼굴이
창백해 보여.

열나는 것 같아.

아냐, 괜찮아!

밸러리,
너한테 보여 주고
싶은 그림이 있어!

그래?
궁금하다.

내가 정말 좋아하는
그림이야.

진짜 멋지다.
음, 이 금빛이 참 예뻐.

이 무늬랑 색을 좀 봐.
정말 복잡하고 아름답게
표현됐어.

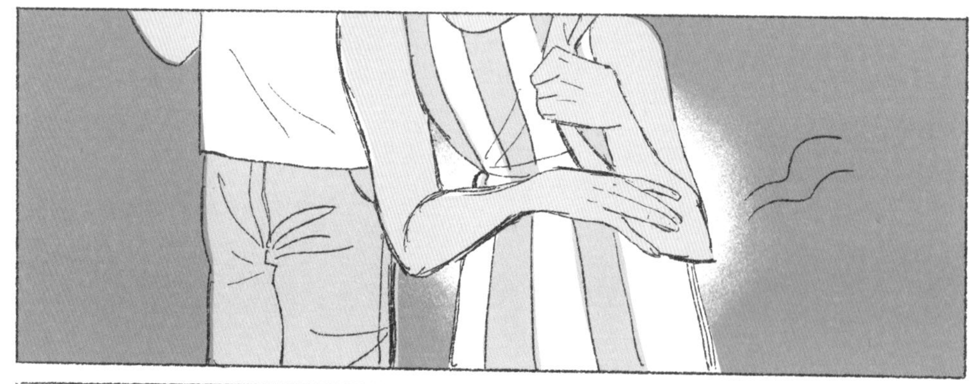

잠시만!
무슨 일……?

휘리릭

딸깍

우에에엑

이럴 수밖에 없는 내가 너무 싫다.
앨런과의 특별한 순간을 망쳐 버리다니.

하지만 다른 방법이 없었다.

괜찮아?
안색이 별로
안 좋아 보여.

괜찮아. 그냥……
바깥바람을 좀 쐬고
싶어서.

모여서 저녁 먹기 전에
몇 시간 남았는데, 우리 둘이
파리를 좀 돌아볼까?

지도도 없는데
길을 잃으면 어떡해?
문제가 생기면?

그게 재미지.
길 좀 잃자.
문제도 좀 일으키고.

우아, 나 저 옷 진짜 잘 어울릴 것 같지 않아?

응,
잘 어울리겠다!

엇, 저 옷은
네가 입으면 진짜
예쁘겠어!

와!
그러게!

이건 인스타그램에 올려야겠다!

지금까지 먹어 본
크레이프 중에 제일
맛있어.
두말하면
잔소리지.

파리는 꽤 멋진
도시다, 그렇지?

맞아.

딸, 인스타그램에 올린
거 봤어. 그걸 다 먹지는
않았기를 바랄게.

알겠다고요, 스토커님.
집은 지금 몇 시쯤이지?
나는 아무래도 착한 아이 되기에 실패하고 있는 것 같다.

보고 싶다던
그림은 다 봤어?
응! 다 같이
봤더라면 좋았을걸.
너희는 어디 갔었어?

우린 그냥
잠깐 길을 잃었어.

조던은 정말 행복해 보인다. 자기가
뚱뚱하다는 걸 전혀 신경 쓰지 않는다.
그것 때문에 불행해하지도 않는다.

휙

나는 왜 이렇게 겁이 많을까?
어쩌면 행복의 조건은……
날씬함이 아닐지도 몰라.

밸러리……
넌 정말 아름다워.
똑똑

똑 똑

밸러리?

무슨 일이에요,
선생님?
급하게
전할 일이 있어.

아빠가 탄 비행기가 티베트로
날아가던 도중 추락했다.
아빠가 직접 몬 비행기가 이륙한 지 얼마
되지 않아 떨어졌다고 한다.

아빠는 얼마나 두려웠을까.
어리석었다.
아빠가 죽을 리 없다고만 생각하다니.
아빠는 영영 우리 곁을……
아니, 세상을 떠났다.

설사 무슨 사고가
일어나더라도
아빠 괜찮다.
어릴 적에 결심했어.
후회 한 점 남기지 않는
충만한 삶을 살 거라고
말이야.
그리고 매일 그렇게 살았다.
그래서 난 여기서 당장 죽는다고
해도 여한이 없어.

아빠는 세상을 떠나며 후회를 남기지 않았다.
하지만 나는 다르다.
난 아빠처럼 살지 않았으니까.
나는 꼼짝없이 갇혀 살았다, 내 몸이라는 감옥 속에.
만약 아빠가 이런 나를 알았다면 뭐라고 했을까? 차라리 모른 채로 떠나 잘됐는지도 모르겠다. 아빠를 하나도 닮지 않은 못난 딸에게 실망했을 테니까.

5
차 쓰는 거 엄마한테 허락받았어?
엄마는 주무셔. 며칠 동안 잠만 자.

나는 남동생에게 뭐라고 말해야 할지 알 수 없었다.
남동생 역시 나에게 할 말을 찾지 못하는 것 같았다.

툭

너 괜찮아?
모르겠어. 안 괜찮아.
엄마는?

아주 아주 안 괜찮지.

꽉

부엌에 먹을 거 많으니까 좀 먹어. 사람들이 자꾸 음식을 갖고 와.
고마워.

엄마가 언제 깰지 모르겠어. 나는 되도록 안 깨우려고 조심했어.

누나가 와서 좋다.
나도.

사람은 몹시 슬프면 배가 고픈가 보다.
처음으로 나는, 그냥 먹었다. 칼로리 계산 따위가 머릿속에 떠오르지도 않았다.

흑
흑
흑

파리에 있는 친구들이 애도의 문자를
보냈지만, 큰 위로가 되지는 않았다.

일어났어?
무슨 일이야?

딜런, 이거
너한테 맞겠니?

좀 있으면
맞을 것 같아.

기부할 옷이
많은데…….
이런 건
어떻게 하지?

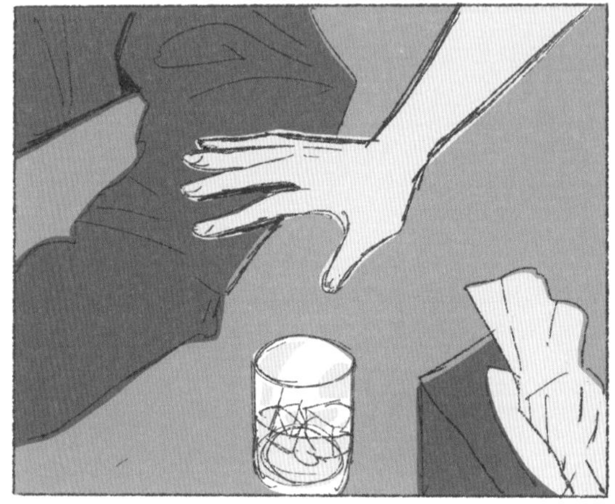

엄마, 이런 건 나중에…….
나중에 언제…….

휘청

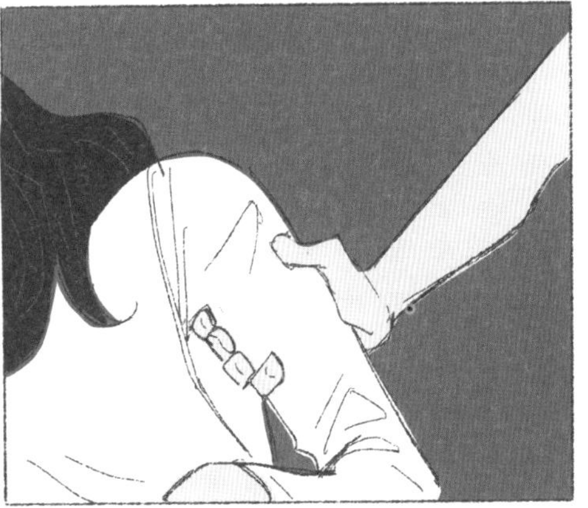

얼마 동안이나
이러셨어?
사고 소식 들은
뒤부터 계속.

이건 뭐야?

불안을 줄이는
약이래.

아침 먹자.
냉장고에 있는 우유
아직 안 상했을 거야.

빨러리입니다, 어머니를
대신해 연락 드립니다. 어
머니 병문안을 오실 수 있
다면, 내일이나 목요일,
정오 또는 3시에 와 주
세요.

아빠를 떠올릴 틈이 없었다.
그저 버텨 내는 엄마를 보살피고 착한 딸 역할을 하는 데 정신을 쏟았다.

너무 안타까워요.
어떻게
이런 일이…….

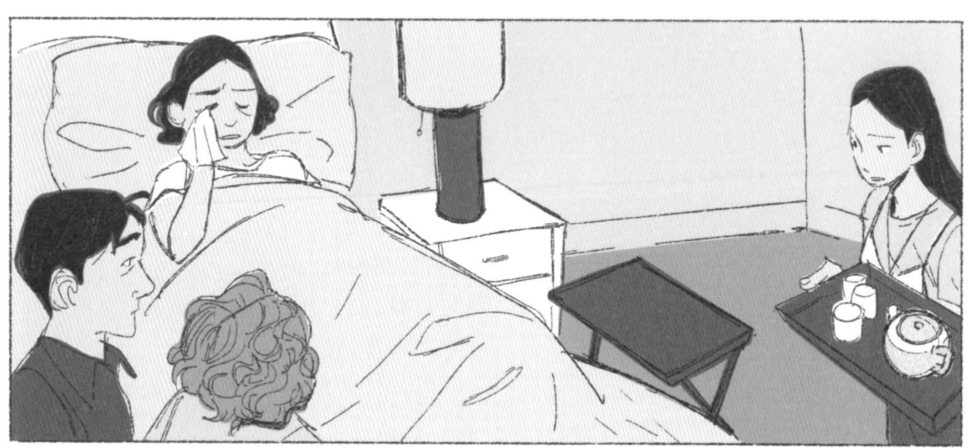

아빠를 생각할 시간이 없는 건
그래서라고, 스스로에게 핑계를 댔다.

너는 날 두고
가면 안 돼, 밸러리.
곁에 있어야 해.

세라 로런스 대학

알았어.
나는 착한 딸이어야 한다.

검시가 끝나 시신이
도착했다고 합니다.
알았어요.
보게 해 주세요.

그건 좋은 생각이
아닌 것 같아요.
검시관이 보지 않는 편이
낫다고…….
상관없어요!

엄마는 아빠 시신을 반드시 보려 했다.
하지만 나는 이해가 가지 않았다.
이미 아빠는 그 몸 안에 없는데.
나는 아빠를 원래의 모습으로 기억하고 싶다.
어쩔 수 없죠.
다만 저희는 보지 않는 게
좋다고 분명히 말씀드렸으니,
저희 책임을 묻지 않으신다는
서약서를 써 주세요.

엄마에게 힘이 되어 주고 싶다.
착한 딸이 되고 싶다.

하지만 이건 도저히 못 하겠어.

준비되셨나요?

엄마.

난 안 되겠어.
못 해.

못 하다니, 말이 돼? 아빠한테 작별 인사는 해야지.

난…… 아빠 그런 모습 못 보겠어.

괜찮아, 엄마.
내가 같이 보잖아.

내가 죽으면 사람들은 내 몸을 중요하게
생각할까? 내 몸이 곧 나일까?

이것을, 내가 이렇게나 미워하는 이 몸뚱이를
누가 그리 중요하게 여길까?

괜찮니, 밸러리?
많이 힘들지?
네, 그래도
다들 견뎌 내고
있어요.

흑
흑
흑

엄마는 지금 얼마나 힘들까. 이런 끔찍한 일이 생기리라고는, 아빠의 당부를 따를 날이 올 거라고는 꿈에도 생각하지 못했을 것이다. 나 역시 상상하지 못했듯이.
아빠도 몰랐을 거다. 우리가 이런 순간을 겪게 되리라는 것을.
우리 모두 한 치 앞도 몰랐다.

밸러리, 딜런은
밖에서 밥 먹고 온대.
오늘 저녁은 우리
둘이서 먹자.

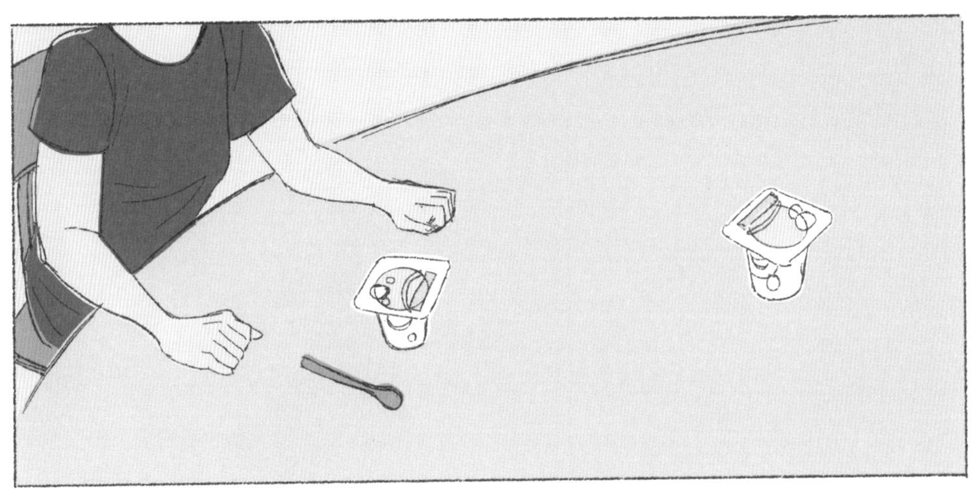

이게 다야?

엄마…….
조절해야지. 다들 자꾸 음식을 갖다주니까 너, 살이 좀 쪘어.

살은 한번 찌면
빼기가 얼마나 어려운데.
네 친구를 봐.
정신이 없어서 한동안 아무 생각 없이 먹었
다. 내가 말랐는지 아닌지도 생각하지 않았
다. 어쩌면 엄마 말이 옳을지도…….

정말 살이 좀 쪘나?
신경 쓸 틈이 없긴 했는데…….
무슨 상관이야!

선물 배달이요!
12:01

보고 싶었어!

앨런도 나도
장례식에 못 가서
미안해.
괜찮아!
너희가 보고
싶었어.

큰 위로는 못 될 거 알지만,
너 주려고 파리에서 맛있는
과자를 잔뜩 사 왔어.
넌 먼저 오느라 같이
못 먹었으니까.

짜잔!
나는 이게 제일 맛있었어.
챔프스에 있는 가게에서 산 것보다 더 맛있어. 특이한 맛도 있어, 라벤더나 얼그레이처럼!
너무 맛있다, 조던.

마지막으로 제일
좋은 선물이 남았지.

우리가 옷 구경한 가게 있잖아, 앨런을 거기로 데려가서 네가 빤히 보던 옷을 보여 줬어.
앨런이 날 그린 거야?

응, 더 닮게 하려고 나도 도왔어. 글쎄 보조개를 빼먹었더라고.

고마워 조던,
이런 선물이 또 어디 있어.
어쩌면 이렇게
잘 그렸지?
진짜
잘 그리지?

지난 며칠
어떻게 버텼어?
얘기 들어 줄게,
힘들었을 텐데.
아니, 그 얘기는 안 하고 싶어.
내내 그 속에만 파묻혀 있었거든.
그냥 파리 얘기나 더 해 줘.

뭐, 그냥 그랬어.
아쉬워하지 마.
솔직하게 말해도 돼.
내가 배 아플까 봐
걱정하지 말고!

알았어, 알았어!
뭐, 파리는 역시 파리였어!
에펠탑에 갔는데, 앨런이 우겨서
꼭대기까지 올라갔잖아.
진짜?

내 능력을 보여 줬지.
10분이나 먼저 도착했어.
앨런은 뒤늦게 도착하면서
헉헉거리고 난리도 아니었어.
하하!

그러고 나서,
엄청난 일이 일어났어.

뭔데?

으으, 말도 안 돼.
나도 안 믿겨!

어서 말해 줘!

앨런이 나한테
키스했어.

너 괜찮아?
그…… 그게…….
뭐라고? 이게 무슨 일이지?
도대체 어떻게…….

어떻게? 왜…….

왜 그래, 밸러리?
그래서 너희…… 사귀어?
너도 진짜 안 믿기지?

어떻게? 어떻게
너를 택할 수가 있지?
뭐?
왜 너냐고.
그게
무슨 말이야?
무슨 말인지
알잖아.
아니, 정말로
모르겠는데.
앨런이 왜 내가 아니라
너를 골랐냐고!
뚱뚱한 너를!

네가 아니라?
너 앨런 좋아했어?
난 알지도 못했어.

쾅

너, 진심으로
한 말 아니겠지만
그래도…….

진심이야! 왜 너야?
넌 안 예쁘잖아. 어떻게
너를 좋아하냐고!

너한테 나는
그런 애였어? 이제껏
나를 볼 때 그렇게
생각했어?

나는 너한테 단짝이나,
재미있고 마음을 터놓을
수 있는 친구가 아니라……
뚱뚱하고 못생긴 애야?

서글프다.
정말로 슬퍼, 젠장.

딸깍
흑
흑
흑
흑
흑

더 랭엄은 역사가 있는 오래된 호텔이다.
엄마가 이곳에서 나와 단둘이 점심을 먹자고 했다.

밸러리, 엄마가 할
얘기가 있어.
뭔데?

요즘 몸 관리는
하니?

뭐, 체육 시간이
있잖아.
뻣뻣

모든 음식에서
치즈를 빼고 먹는 건 어때?
아니면 간식을 전부
끊거나?

아냐, 괜찮아.
한번 생각해 봐, 밸러리.
어려운 것도 아니잖아.

하고 싶지가
않아.

밸러리, 내가 이런
말까지는 안 하려고
했는데…….

무슨 말?

엄마는
네 건강이 걱정돼!

내 건강?

살찌는 게 건강에
얼마나 나쁜지 알면서
그러니.

나는 살찌지
않았어.
신경 안 쓰면
금세 쪄.

가슴속에서
부글부글 화가 끓어오르는 것이 느껴졌다.

그게 왜 그렇게
중요한데?
내가 살찌든 말든
아무도 상관 안 해!
밸러리, 살찌면
사람들이 한심하게 봐.
사람들이 아니라
엄마가 그렇게 보겠지.

나야 늘 너를
사랑하지.

엄마는 한 번도
나를 있는 그대로 받아 주지
않잖아.

다 너를 위해서
그러는 거야!
말로만 그러지
말고, 정말로
나를 위해 줘!

어휴, 뚱뚱한 친구를
사귀더니 얘가…….

여기서 조던 얘기가
왜 나와?
엄마가 말도 못 하니?
걔가 파리에서 뭘 사
왔는지 다 봤어.
파리…….

조던이 나를 얼마나
생각해 주는데. 정말
좋은 아이야. 너무나
소중한 친구…….

너, 전에는
말랐었어.

그거야
병이 있으니까.

그게 무슨 소리야?

나 아파, 엄마.
먹은 음식을 일부러
토하고 있어.

쪼르륵

그렇구나.

그냥 적게 먹고 운동을
더 하는 게 낫지 않니?
그러면 토할 필요 없잖아.

그런 얘기가 아니야.

꼭 '그거'를 해야
날씬할 수 있는 건 아니잖아.
엄만 그냥 네 건강을
걱정하는 거야.

내 정신 건강은?

이제부터는 토하지 않으면
되잖아. 그러면 문제없지.

아니, 그렇게 간단한 게
아니야. 날 그냥 있는 그대로
받아들여 주면 안 돼?
왜 나는 엄마한테 언제나
부족한 건데!

네가 지나치게
살찔까 봐 걱정돼서
그러지.
그만해.
케이크를 끊어 보는
건 어때?
그만
좀 하라고.
끼이익

나의 병이, 죽을 수도 있는 이 병이 엄마에게는 대수롭지 않은 일이라니. 엄마한테 중요한 것은 내 몸이 말랐는지 아닌지 뿐이다.

흑
흑
흑
흑
흑

똑똑

저기, 괜찮니?

네, 괜찮아요.
화장실 문도 잠그지 않다니,
난 왜 이리 멍청할까.

……….
내가 좀
안아 줘도 될까?

어머니하고
얘기하는 거, 우연히
옆자리에서 들었어.

어머니는 모르실 수
있지만, 너는 있는
그대로 아름다워.
그 말을 해 주고
싶었어.

받은 문자 메시지 0개

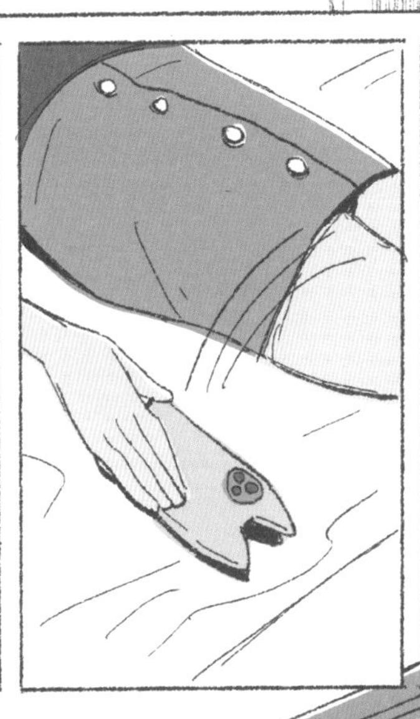

내 문자에 조던은 답을
보내지 않았다.

내가 조던이었어도 그랬을 것이다.

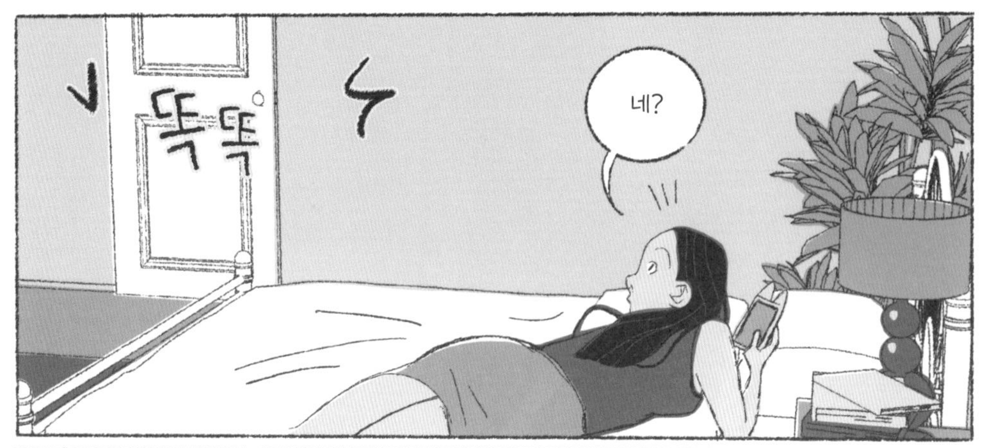
똑똑
네?

이모 왔어.
잘 지냈니, 밸러리?

니키 이모!
오시는 줄 몰랐어요.

너희가 잘 지내나
보러 왔어. 요즘 내내
힘들었을 테니까.

딜런이 그러는데,
너 요새 방에만 틀어박혀
있다며?
…….

무슨 일인지
이모한테 말해 봐.

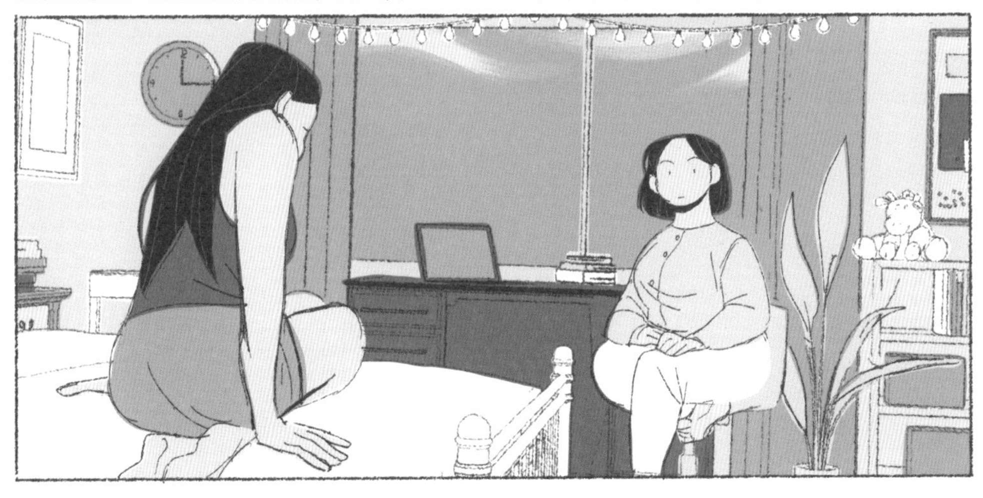

이모는 어떻게 견뎠어요? 외할머니나 우리 엄마 같은 사람이랑 가족으로 살면서…… 어떻게 화가 폭발하지 않았어요?
?

그러니까 아빠 때문이 아니구나.

너무 지쳐요. 쉴 틈 없이 칼로리 계산을 하고, 엄마 눈치를 살피고, 살찌면 어쩌나 하는 생각을 떨칠 수가 없어요.

어쩐지,
무슨 일이 있구나
싶었어.

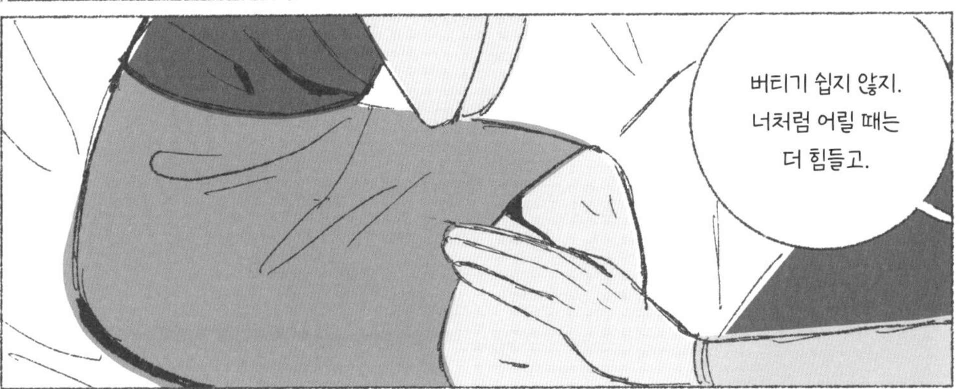
버티기 쉽지 않지.
너처럼 어릴 때는
더 힘들고.

속이 텅 빈 기분이에요.
불안하고 슬프고 화가 나요.
너무 지쳐요.

네 외할머니가 나를
사랑하셨듯이 네 엄마도
널 사랑하는 건 맞아.
그렇지만 우리를 많이
아프게 하는 사람들
이기도 하지.

합격을 축하합니다.
세라 로런스 대학
와, 너 세라 로런스
대학교에 합격했구나!
제일 가고 싶어 했던
대학 맞지?
풀썩
맞아요. 그래도 어떻게
가겠어요. 아빠도 없으니,
내가 떠나면 엄마는
혼자가 되는데.
이것 봐. 너도 상처 받았으면서
엄마를 걱정하잖아. 그게 사랑이야.
엄마 마음도 그럴 거야.

사랑하는 사람에게 자기가 상처를 줬다는 걸 인정하긴 쉽지 않아.

네 엄마는 어쩌면 앞으로도 자기가 무슨 상처를 줬는지 모를 거야. 그래도 몰라서 그러는 거지 일부러 그러는 건 아니야.
사랑하는 방법을 그것밖에 모르는데, 그 방법이 잘못된 거지. 너희 엄마가 변해야만 네가 행복할 수 있다고 생각하지는 마.

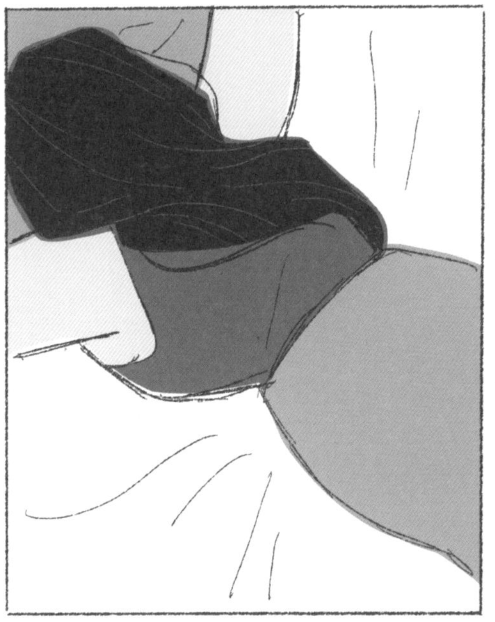

아무도 완벽하지 않아. 엄마가 변하기를 기다리지 말고 너 스스로 행복할 방법을 찾아봐.

엄마가 너한테 주었으면
하는 사랑을, 네가 너한테
주면 되는 거야.

나는 내가 너무 싫어요.
도저히 사랑할 수가
없어요.

왜 그렇게
네가 싫어?

너무 나쁜
친구예요.

그럼 더 나은
친구가 되려고 애써 봐.
최선을 다하는 거야.

내 최선이
충분하지 않으면요?
해 보지
않고는 알 수
없지.

우리 엄만 네가 한 말 몰라. 엄마가 너 왔다길래 나오긴 했지만, 너랑 대화하고 싶은 기분은 아니야.

조던, 저기……
그…….
심한 말 한 거
너무 미안해.
너는 나한테 정말
중요한 사람이야.

앨런이
너를 좋아하는 것도 당연해.
내가 너를 사랑하는 거랑
같은 이유일 거야.
너만 있으면 어떤 곳이든
환하고 따뜻해지니까.

너랑 같이 있으면
누구나 더 나은 사람이 돼.
내가 정말 잘못했어, 조던.

짚고 넘어가자면,
나는 네가 앨런을
좋아하는지도 몰랐어.

그건 중요하지도 않아.
내가 너무 이기적이었고,
이제는 달라질 거야.
난 네가, 너희 둘 모두가
행복했으면 해.

너, 정말 심했어.
그 말들이 머릿속에 딱 붙어 계속 생각났다고.
아직도 정말 열받아.

알아.
내가 살면서 뱉은
말 중에 제일 나빴어.
뭐, 자기의 못난
마음을 깨닫는 것도
나쁘진 않지.

음, 넌 나처럼
깨닫지 마.

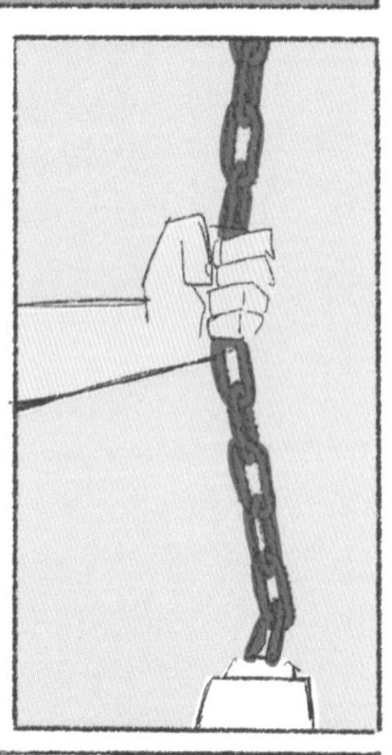

그네
안 무너질까?
당연하지.

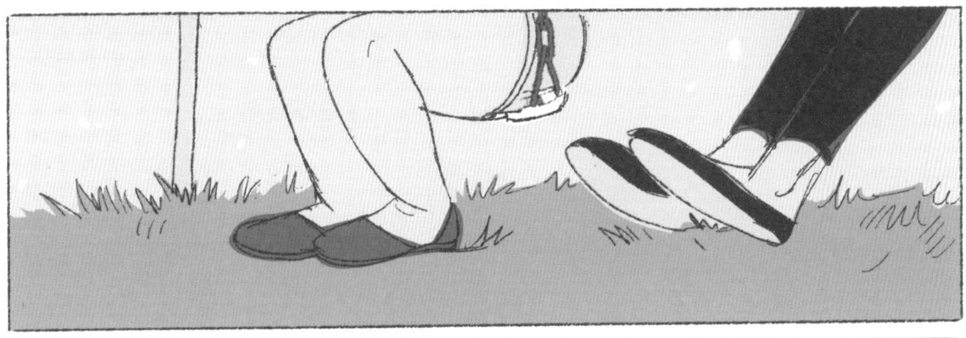

우리 어렸을 때 정글짐에
올라갔던 거 기억나?
응, 나는 항상 너만큼
높이 못 올라갔어.
너무 무서웠거든.

아직도 무서워?

쓰으으윽

무서워.
조던, 나 할 말이 있어.

뭔데?

꽈악

어…… 어떻게 말해야 할지 모르겠어.
내 입으로 이런 이야기를 하는 것 자체가 괴로워.
그래도 너는 가장 가까운 친구니까
너한테는 털어놓고 싶어.

나한테는 다
이야기해도 돼.

내가 좀 아파.
나…… 먹은 걸
억지로 토해.

나는 내 몸이 싫어.
그만 싫어하고 싶은데,
그게 마음대로 안 돼.
너한테 끔찍한 말을 한 것도,
나 자신이 너무 미워서였던
것 같아.

미안해,
전혀 몰랐어.

미안해하지 마.
넌 나한테 길잡이가 되어 주었어.
나는 여태 사랑받으려면 날씬해야
한다고 생각했어.
그렇게 생각하니까 내 몸이랑
나밖에 모르게 되더라. 너도 안 보이고
앨런도 안 보이고. 내 몸만 생각하느라
다른 건 눈에 들어오지 않았어.

그런데...... 널 보고 배웠어,
자기 자신을 좋아하면 진정으로
행복할 수 있다는 걸.
그래서 너한테 얼마나
고마운 줄 몰라.

어서 낫자,
내가 도울 테니까.

어땠어?

이제 시작이야. 기분이 이상해, 그렇게 오랫동안 나만 알았던 비밀을 갑자기…… 터놓고 말한다는 게 말이야. 나랑 같은 이유로 힘든 사람이 이렇게 많다는 것도 처음 알았어.

엄마는 네가 여기 온 거 아셔?

아니. 그래도 괜찮아. 엄마가 꼭 알아줄 필요는 없어. 조던, 여기 찾는 거 도와줘서 고마워. 인터넷에서 찾아보는 것조차 막막했는데.

너 스스로 한 것도 많아.
갓 입학한 대학에서
섭식장애 극복 모임도
찾았잖아.

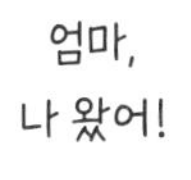
엄마,
나 왔어!

왔니, 얘들아.
과일 좀 먹을래?

예전 같았으면, '내가 살쪄서 과자 대신 과일을 권하는 걸까.' 하고 엄마 말의 속뜻을 짐작했을 것이다.
하지만 이제는 있는 그대로 받아들일 수 있다. 이건 그냥 음식이다.

응, 우린 방에
올라가서 준비할게.

어서 너희 학교도 놀러
가고, 도심도 돌아다니면
좋겠어. 파리에서
못 논 거 다 놀자.

그래, 또 길을 잃어 보자.

나는 아직 낫지 않았다.

완전히 낫지 못할지도 모른다.
하지만 더 나은 친구는 될 수 있다.

적어도 그러려고 노력할 수는 있다.
나 자신에게 행복을 허락할 수도 있다.
그건 내가 선택할 수 있는 부분이다.

앨런한테 그림 고맙다는
인사도 제대로 못 했어. 정말 멋져.
기숙사 방에다 걸어 둬야겠어.

이따가 직접
고맙다고 해.

출발하기 전에
햄버거로 마지막 만찬
어때?
너무 좋지.

이 짐만 마저
싸서 갈게. 너 먼저
내려가 있어.

알았어.
좋은 음악 골라 놓을게.

네가
좋아하는…….

배 깎아 왔어.
고마워, 엄마.
학교 다니면서 너무
많이 먹지 않도록 신경 써.

엄마는 나를 사랑한다.
나를 돕는 방법은 모르지만 말이다.
엄마 대신 내가 나를 아끼고 소중히 대할 거다.
그것이 내가 착한 딸이 되는 새로운 방법이다.

몸 잘 챙길 테니
걱정하지 마.

집을 떠나는 게 아직 조금 미안하지만 떠나야만 한다. 낫기 위해서라도.
엄마는 결코 이해하지 못할 테지만, 괜찮다. 내가 나를 이해할 거니까.
내가 나를 사랑할 것이고, 또한 엄마를 사랑할 거다.

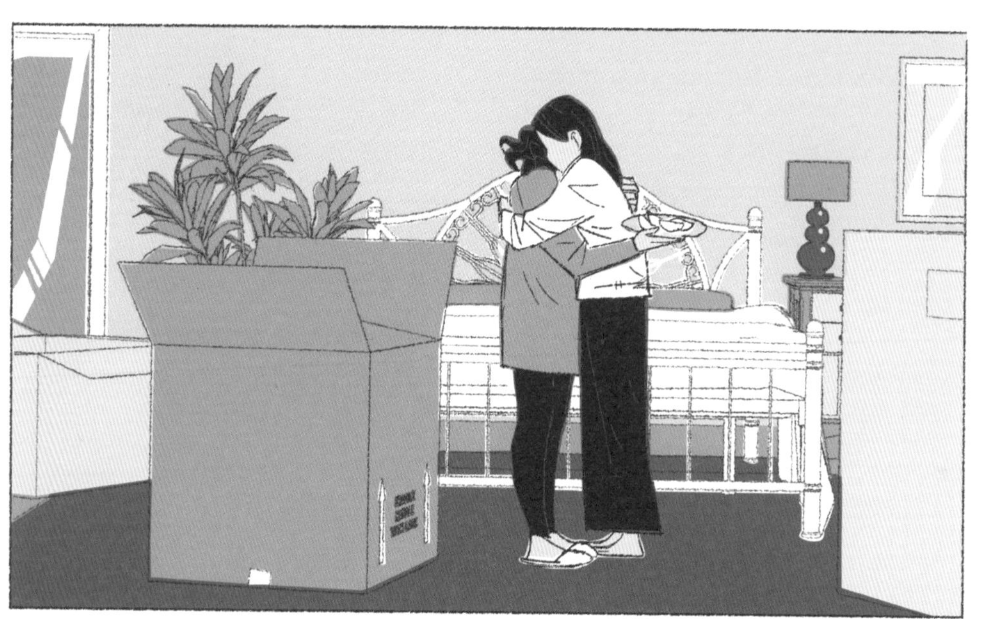

사랑해, 엄마.
나도 사랑해.

작가의 말

밸러리는 저와 다르면서 또한 저 자신이기도 합니다. 저는 하루빨리 살을 빼려고 노력하는 일에 신물이 났을 때 이 책을 썼습니다. 이야기가 머릿속에서 곧장 흘러나왔지만, 저 자신을 고스란히 드러내야 했기에 이 작업이 쉽지만은 않았습니다.

저는 오랜 시간 섭식장애를 앓았지만, 수많은 책의 도움으로 조금씩 건강해지는 방향으로 갈 수 있었습니다. 30대 초반이 되었을 때에야 섭식장애가 완전히 나았다고 말할 수 있었습니다. 참으로 힘든 과정이었습니다. 우리 문화 구석구석에 날씬한 것이 더 좋은 것이고 이상적이며 건강한 것이라는 메시지가 채워져 있기 때문입니다. 이상적이라 여겨지는 몸을 얻기 위해 먹는 것 하나하나의 열량을 계산하고 집착하는 것, 그것은 결코 건강한 일이 아닙니다.

저는 원래 판타지 이야기를 쓰는 작가인데, 이 책은 쓰면 쓸수록 사실적인 이야기가 되어 갔습니다. 상상하기도 어려운 먼 훗날에야 이 주제로 책을 쓸 수 있을 줄 알았는데, 이야기가 완성된 형태로 제게 다가와 거부할 수 없었습니다.

저는 과거에 주변 사람들에게서 존재를 확인받고 이해받고 싶은 마음이 절박했습니다. 그런 마음에서 벗어난 사람들이 쓴 회고록을 읽고 상담을 받고, 그저 나로서 행복해질 수 있는 방법을 찾기 위해 오래 노력했습니다. 날씬해

지기 위해 지금의 행복을 희생시켜서는 안 된다는 것을 깨달았습니다. 제가 하는 모든 실패에 스스로 벌을 주며 사느라, 자기 학대와 실망의 끝없는 순환에서 빠져나올 수 없었다는 것도 알게 되었습니다.

섭식장애가 생기면 하루 종일 음식 생각을 떨칠 수 없게 됩니다. 음식을 먹는 순간뿐 아니라, 먹었다는 사실에 대한 죄책감을 견뎌야 하는 시간에도 말입니다. 그렇게 살아가는 일이 얼마나 진 빠지는 일인지 모릅니다. 내 몸을 사회의 이상에 맞추어야 한다는 마음을 버린 뒤 저는 비로소 자유로워졌습니다. 자유로움을 선택하고 저는 그 어느 때보다도 행복해졌습니다.

이 책을 만들 수 있었던 건 제 인생에서 만난 수많은 사람들 덕분입니다.

우선은 제 책을 읽고서 제가 생각하지도 못했을 정도로 깊이 공감해 준 나의 에이전트, 젠 아잔티언에게 고맙습니다. 초고에서부터 편집, 출간에 이르기까지 모든 과정에서 멋진 응원 단장이 되어 주었습니다.

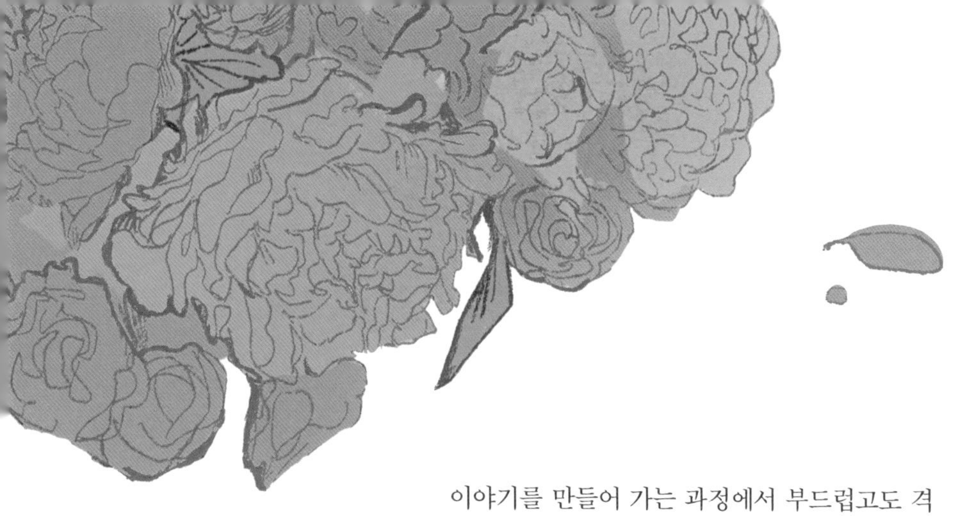

이야기를 만들어 가는 과정에서 부드럽고도 격려 넘치는 안내자의 역할을 해 준 나의 편집자, 칼리스타 브릴과 키아라 발데즈에게도 고마움을 전합니다. 초고를 처음으로 읽어 주고, 하기 어려운 이야기를 할 수 있게끔 응원해 준 남편 패트릭 라푼에게도 감사합니다. 나와 가장 가까운 친구인 보니, 릴리, 조지아, 데본, 킴, 케이트, 줄리, 내가 이 책을 쓰기 힘들다며 불평할 때마다 참고 들어 줘서 고마워.

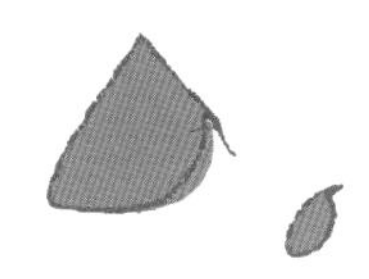

도움 자료

도움이 되는 자료들을 소개합니다. 다만 마음이 회복하는 과정에서 이 책들의 내용이 좋지 않은 감정을 자극할 수도 있다는 점 유의하기 바랍니다. 다양한 몸으로 건강하게 살아가기 위해 전문가에게 도움을 청하세요.

《우리가 살에 관해 말하지 않는 것들》 - 오브리 고든 / 동녘 출판
《헝거》 - 록산 게이 / 문학동네
*《10대를 위한 직관적 식사 워크북*The Intuitive Eating Workbook*》 - 엘리스 레시
*《안티 다이어트*Anti-Diet*》 - 크리스티 해리슨
*《몸에 대해 사과할 필요는 없다*The Body is not an Apology*》 - 소냐 러네이 테일러
(*표시는 국내 미출간 도서입니다.)

• 인제대 섭식장애 정신건강연구소 www.eatingresearch.kr
• 모즐리 회복센터 www.eatingcenter.kr
전화 02-775-1009 / 전자우편 ec1009@naver.com
• 섭식장애 건강권연대 인스타그램 @healthybulimia

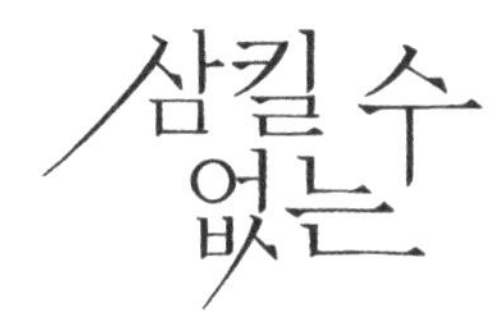

초판 1쇄 발행 2024년 9월 1일

글・그림 빅토리아 잉 | 채색 러넷 웡 | 옮김 강나은
편집 하선영 | 제작 영업 박희준 | 디자인 지수 | 펴낸곳 작은코도마뱀 | 펴낸이 하선영
출판등록 제 2023-000020호 | 주소 경기도 파주시 회동길 480 B동 541호
전화 031-942-1908 | 팩스 031-946-1908 | 전자우편 lizardbook@naver.com

ISBN 979-11-93534-14-4 43840

*책 모서리가 날카로우니 던지거나 떨어뜨려 다치지 않도록 주의하세요.
*잘못 만들어진 책은 구입하신 곳에서 바꾸어 드립니다.